QUANDO SOMOS TODOS QUASE

Para meus queridos amigos
Ana Paula Cecato, Mujica e Rodrigo Ferreira.
Parceiros de tantos "quases" e "inteiros".

MANUEL FILHO

ILUSTRAÇÕES: Bruna Dali

QUANDO SOMOS TODOS QUASE

1ª edição / Porto Alegre-RS / 2022

Ilustrações: Bruna Dali
Projeto gráfico: Marco Cena
Revisão: Elaine Maritza da Silveira
Produção editorial: Maitê Cena
Produção gráfica: André Luis Alt

Dados Internacionais de Catalogação na Publicação (CIP)

M294q Manuel Filho
Quando somos todos quase. / Manuel Filho. 1.ed. – Porto Alegre: BesouroBox, 2021.
144 p.: il.; 14 x 21 cm

ISBN: 978-65-88737-32-3

1. Literatura infantojuvenil. 2. Novela. I. Título.

CDU 82-93

Bibliotecária responsável Kátia Rosi Possobon CRB10/1782

Direitos de Publicação: © 2022 Edições BesouroBox Ltda.
Copyright © Manuel Filho, 2022.

Todos os direitos desta edição reservados à
Edições BesouroBox Ltda.
Rua Brito Peixoto, 224 - CEP: 91030-400
Passo D'Areia - Porto Alegre - RS
Fone: (51) 3337.5620
www.besourobox.com.br

Impresso no Brasil
Março de 2022

SUMÁRIO

Quase feliz 15

Quase estouro 21

Quase imagem 29

Quase inteiro 35

Quase família 45

Quase sou 51

Quase paz 57

Quase outro 61

Quase sonho 71

Quase lugar 79

Quase vivo 85

Quase música 95

Quase lembrança 103

Quase sei 109

Quase beleza 117

Quase solução 123

> **NUNCA CONHECI QUEM TIVESSE LEVADO PORRADA. TODOS OS MEUS CONHECIDOS TÊM SIDO CAMPEÕES EM TUDO.**
>
> *Poema em linha reta*
> Fernando Pessoa (Álvaro de Campos)

Na minha família,
quase todo mundo
é QUASE

Nesta época, a parentada se encontra na casa da avó, sempre. No tempo em que meu avô era vivo — eu lembro pouco dele, pois eu era bem pequeno quando ele morreu — dizem que ele adorava descrever os planos de ampliação da casa, viajar, fazer uma horta no jardim, fazer, fazer, fazer... Falam que ele gostava muito de mim, afinal, eu herdei o nome dele, Valentin. Acho meu nome meio esquisito, mas minha família adora.

Não conseguiu concluir quase nada o meu avô. O que ele deixou para o dia seguinte ficou perdido. De qualquer maneira, ele segue vivo nessas nossas festas, nas memórias do que ele fazia, do que ele dizia, numa piada antiga, numa briga famosa.

Depois das lembranças em comum, vão cuidar do que falta para o jantar. Nunca tem ceia, porque isso costuma acontecer muito tarde e ninguém tem paciência de esperar, ficou combinado que é melhor um jantar caprichado.

as mesas, gela as bebidas, cuida das crianças, manda mensagem aos amigos, apresenta namorada/namorado novo e assim vai. Deve ser parecido em todas as famílias.

Ou quase.

Eu ando me sentindo meio deslocado nessa família. Eles mudaram ou fui eu que mudei?

Quando eu era criança, eu brincava muito. A noite de Natal sempre foi bastante especial, porque eu acabava vendo primos que eu não conseguia encontrar ao longo do ano. Agora, como eu, esses primos cresceram, e a maioria estuda longe; ficam bem pouco tempo na festa, preferem dar um beijo na vó e sair sem que ninguém veja, ou quase... Sempre tem uma tia nervosa que passa o resto da noite tentando descobrir o destino do fujão.

Sobraram poucos da minha idade. Com as crianças, nem pensar, certamente. Nada contra; e elas também se afastavam de mim, eu virei um "tio" de 17 anos, quase "de maior".

Não me sinto muito bem entre os adultos, os assuntos sempre os mesmos: problemas de dinheiro, dificuldades no emprego e troca de informações que, segundo eles, ajudam a facilitar a vida: bancos com menores taxas, promoções de carros, sites de descontos, receitas...

Com os idosos, que se tornavam cada vez mais idosos, também não é fácil interagir, embora eu goste de todos eles. Mas a maior parte do tempo reclamam da saúde ou comentam o quanto eu estou crescido, desejam saber dos meus namoros e, ao terminar esse questionamento, recomeçam com as mesmas perguntas, num círculo sem fim.

Não fosse por um ou outro primo, eu quase ficaria

sozinho.

E foi de tanto tentar me encaixar nessa família que eu percebi que a palavra "quase" está presente em praticamente todas as conversas.

Ah, eu quase fiz aquilo...

Lembra daquela vez em que você quase...

Nossa, é mesmo, quase que deu certo...

Se não fosse por um ponto...

A gente quase conseguiu.

Ah, desta vez foi quase...

Quase...

Quase...

Quase...

Por que "quase"? , eu me perguntava. Em casa, com meus pais, eu não escutava tanto "quase", apenas, "talvez", "se der certo", "se o tempo permitir", "na volta, eu compro". Não era exatamente um "quase", mas era meio parecido. Muitas coisas na minha casa permaneciam na possibilidade.

Foi o que eu me peguei tentando entender.

Comecei a anotar mentalmente o que cada um dizia. Eu tinha certeza de que, naquela noite, eu conseguiria encontrar a razão de alguns "quases".

E minha tia Matilde passou por mim. Ela ria alto, tentando terminar um assunto, enquanto se afastava do grupo em que estava porque "precisava ir lá fora".

Fumar dentro de casa era proibido, impossível, nem pensar. A vovó não suportava o cheiro da fumaça e, se alguém quisesse fumar, seguia para fora, para a calçada.

Poucos ainda fumavam ali, e a tia Matilde era o que chamavam de chaminé.

Quando ela fechou o portão, eu sabia que demoraria uns quinze minutos pelo menos.

Nós somos bastante próximos, ela é irmã da minha mãe e elas se falam o tempo todo. Tia Matilde nos visita raramente, mas sempre há alguma questão sobre ela rondando nossas conversas durante o jantar.

Eu sabia que a minha tarefa não seria fácil, eu precisaria vencer a timidez para sair perguntando o que eu pretendia, mas, com ela, eu podia errar tranquilamente. Talvez, se eu fizesse uma questão bem simples, fácil de responder, encontrasse um caminho para prosseguir com aquela ideia.

Fui atrás dela, certamente estaríamos sozinhos e, assim, eu faria a pergunta que tinha inventado.

E que vida é essa que está
sempre no quase?

Confesso que eu
quase perdi a coragem...

Assim que eu abri o portão, vi minha tia sentada em uma pequena amurada que se estendia ao longo da casa. Tão logo me viu, percebi que ela não sabia muito o que fazer: me chamou, mas se lembrou do cigarro. Eu me aproximei e isso fez com que ela, automaticamente, passasse a mão pelo ar, a fim de dissipar a fumaça.

— Sua mãe detesta esse cheiro — ironizou ela. — Se ela sentir, capaz de dizer que estou te ensinando a fumar...

— Não vai não, eu nem gosto. Quase ninguém da minha turma fuma.

— Está certo — aliviou-se ela, levando o cigarro rapidamente à boca. — Melhor. Mas o que você veio fazer aqui fora? Está tentando fugir da festa?

— Não — falei sorrindo.

— Ah, na sua idade eu não queria vir para cá de jeito nenhum. Detestava e ainda detesto estas reuniões familiares. E, todo ano, só fica pior. É um tal de cobrar o outro, lamentar o que disse, o que não disse, relembrar velhas mágoas...

— Eu até gosto de ver as pessoas, tem gente que eu só vejo aqui.

— É, tem isso também... — concordou ela. — Aí, quando chego, lembro que esqueci de comprar alguma coisa e, pronto, teremos caras feias. Se bem que, este ano, com a grana curta, eu não comprei quase nada mesmo.

Eu me lembrei que, quando era criança, eu fazia umas lembrancinhas para cada parente. Sempre preparava algumas a mais, caso surgisse alguém "novo", mas nunca faltou nenhuma. Agora nem penso mais nisso, minha mãe que toma conta. Tem um amigo secreto, tudo combinado, assim ninguém corre o risco de ficar de mãos abanando, ou quase.

— E só para te avisar — riu minha tia. — detesto esses amigos secretos. Sempre dou presente bom e acabo recebendo uns lenços que nunca vou usar, mas não conta pra ninguém.

— Não conto — eu disse.

Sempre foi fácil conversar com a tia Matilde. Ela não se casou e costumava ficar comigo e com a minha irmã quando minha mãe precisava nos deixar com alguém. Ela nos divertia, permitia quase tudo na TV e nos dava um monte de coisa que minha mãe raramente nos deixava comer. Um pouco mais velha do que a minha mãe, a quem ela apelidava de "ligeiramente careta".

— Afinal de contas, o que você veio fazer aqui fora?

— É que eu queria te fazer uma pergunta.

Ela se interessou.

— Ai... ai... O que será? Pode perguntar, estou pronta.

— É bem fácil — eu adiantei. — Você é feliz?

Ela se engasgou com a fumaça, tossiu e, em seguida, ficou alguns segundos em silêncio até responder.

— Nossa, que pergunta difícil! Talvez... Sou feliz... ou quase.

Quase...

— Como assim, quase?

— Será que eu consigo explicar? Acho que ninguém é feliz o tempo todo, têm horas que estamos alegres, tristes...

Não sei se eu concordava com isso, pois eu já vi gente que vive chorando, infeliz, nem sai de casa. Tenho uma prima que sofre de depressão, ela quase nunca comparece nas festas, em lugar algum. Quando eu era criança, minha mãe tentou me esclarecer a situação dela, mas eu não consegui compreender. Hoje eu acho que entendo melhor como é.

— Agora, por exemplo, eu estou feliz, falando com você... Mais tarde, assim que alguém começar a falar bobagem no jantar, talvez meu humor mude rapidamente — ela riu. — Vem, vamos entrar, senão sua mãe aparece daqui a pouco e vai achar que estou te levando para o mau caminho.

Voltamos para dentro, mas eu achei que ela não tinha respondido, ou sei lá, talvez eu não tivesse feito a pergunta certa. Ou quem sabe ela não ficou à vontade para responder. Podia ser isso.

Eu não pretendia desistir. Pensaria em novas questões, novas abordagens...

Avistei uma nova "presa", talvez eu consiga entender melhor aqueles tantos "quases".

> **"— Você poderia me dizer, por favor, QUAL CAMINHO EU DEVO SEGUIR?** — Isso depende muito de onde você pretende chegar — disse o gato.**"**
>
> *Alice no País das Maravilhas, Lewis Carroll.*

QUASE
estouro

A voz de alguém vinha dos fundos da casa e fiquei curioso:

— Ah, como eu detesto, como eu detesto, como eu detesto.

Não a reconheci de imediato, porém, quando me aproximei de uma pequena sacada voltada para a rua, vi meu tio Ademir falando sozinho.

— Oi, tio, tudo bem?

— Se está tudo bem? Quase.

O tio Ademir não era um alvo principal da pesquisa, mas, já que havia surgido a oportunidade, tratei de aproveitá-la.

— Por que quase? O que está acontecendo?

— Meus cachorros ficaram sozinhos em casa.

Ele é, como se diz, cachorreiro. Basta segui-lo em qualquer rede social para descobrir onde existe cachorro para adotar, bichinhos abandonados, vítimas de maus tratos e etc. Tem algumas fotos que eu nem gosto de ver, pois há gente que é cruel pra valer com os animais. O tio sempre diz que conhecimento traz solução, então precisamos estar a par do que ocorre. Fingir que coisas ruins não acontecem não fará com que elas desapareçam.

— Eles não estão seguros, presos? — perguntei.

— Siiiiim! Você sabe que eu cuido da Olívia, do Zeca, do João, da Tainá, do Tião e do Fuzarca muito bem, o problema são os fogos. Os fogos! Como eu detesto, como eu detesto, como eu detesto fogos!

— Eu não escutei nada até agora.

— É porque você não tem o ouvido treinado como o meu. Meus cachorros começam a ficar agitados assim que alguém acende um pavio. Fico doido de raiva. Eu quase nem vim nesta festa, mas me falaram que este ano só ia ter fogos sem barulho. Já percebi que é balela, quer ver, ó escuta, ouviu?

Eu não tinha escutado nada de especial, porém, o meu tio me fez perceber que alguns cachorros realmente latiam ao longe, pouco depois de um brilho distante no céu. Eram fogos já estourando.

— Antigamente — continuou meu tio — eu só me preocupava com o Réveillon, nem saía de casa para ficar com meus bichinhos. A Olívia tem muito medo, palpitação. Mas, agora, resolveram soltar fogos também no Natal. Isso não era assim, as pessoas tinham mais cuidado, respeitavam os outros. O mundo era quase um lugar bom.

— Quase?

Meu tio me olhou, selecionando as palavras que iria dizer.

— Olha, eu vou te explicar por que eu acho que só os jovens podem salvar este planeta, eu já desisti da minha geração. A gente, Valentin, nunca vai ser feliz no mundo se ele não for um lugar legal para todos. Imagine que eu entrasse na sua casa e tacasse fogo com parte da sua família dentro dela? E mantivesse esse fogo aceso durante dias... Então, é isso que estamos fazendo com as florestas e matas. Os animais que não morrem queimados acabam ficando sem ter onde viver. Aí, as pessoas começam a ver onças, jacarés, pássaros invadindo seus quintais, ficam horrorizados, chamando os bombeiros, a polícia. Acontece que eles só invadiram nossas casas, porque nós destruímos a deles. Estou bem cansado disso.

— É verdade, tio! Tem ruas inteiras que estão QUASE sem árvores, derrubaram todas.

—Tá vendo? Estão querendo pavimentar tudo, derrubar as árvores, esconder os rios. A gente não vê rios na cidade e, quando vê, estão podres, fedidos. Eu acredito que a juventude vai salvar o mundo, mas se continuar do jeito que as coisas estão, não vai sobrar nada para vocês preservarem.

Quase imediatamente, soltaram um monte de fogos, que estouraram no céu formando alguns desenhos e fazendo muito barulho. Meu tio correu para a sacada e começou a gritar:

— Idiotas! Idiotas! Parem já com isso!

Até disse mais algumas coisas que só quem está mesmo muito bravo costuma falar. Foi nesse momento que minha tia Helena, mulher dele, entrou no quarto e nos alcançou na sacada.

— Ademir, chega! Eles não vão escutar você, mas a vovó vai... E você sabe que ela não gosta desse linguajar na noite de Natal.

Ele pareceu se acalmar um pouquinho, olhou diretamente para mim e falou:

— É por isso que a gente quase tem um mundo bom. Se ele não for bom para todos, não será para ninguém, mas as pessoas não percebem isso, ou não querem perceber. Ah, isso me irrita; eu me preocupo com meus filhos. Vou lá comer um pedaço de panetone e vou embora.

Tia Helena me olhou com cumplicidade, como se tivesse a certeza de que ele iria relaxar.

Quando eu perguntei à tia Matilde se ela era feliz, ela desconversou. O tio Ademir foi mais direto ao afirmar que, para que alguém possa estar bem, todos também precisam estar.

No fim, nenhum dos dois está exatamente feliz. A Tia Matilde, só de vez em quando, o Tio Ademar, pelo jeito, só ficará feliz no dia em que todos estiverem.

Será que não é possível ser feliz sozinho?

Eu passo pelas fotos na sala e elas não me veem.

Seria legal se eu pudesse conversar com as
fotografias, com aquelas pessoas
que estão "me olhando,"
algumas eu nem conheço, já se foram.

Eu só tenho certeza

de que as fotos não falam, porque eu mesmo não
consigo conversar com ninguém por meio
das minhas próprias fotografias.

Se não fosse assim, eu conseguiria ver

o que acontece na casa de todo mundo que tem
uma foto minha, mas não é assim.
Só as câmeras dos celulares possibilitam nossos
encontros por meio de imagens,

Ou quase...

Gosto de observar aqueles porta-retratos, aliás,
apenas na casa da vovó as fotos ficam assim, expostas.
As minhas, quase todas, estão na nuvem.

Será que estar na nuvem é estar em algum lugar?

De repente, senti alguém apertando meus ombros com as mãos, olhei para cima e vi meu tio Valter, sorrindo:

— Sabia que eu quase saí nessas fotos?

— Como assim, quase?

— É que no dia em que eles foram fazer essa viagem, eu fiquei doente. Voltaram todos felizes, dizendo que tiveram um dia ótimo e um cara, dono de uma máquina bem antiga, tirou essa foto na praça. Acho que, hoje em dia, com tanto celular, não tem mais quem fique em praça para tirar foto das pessoas...

Ele apontava uma foto em preto e branco com a vovó e meus tios, todos bastante jovens. Era verdade, o tio Valter não estava nela, já tinha reparado nisso, entretanto, ninguém havia me explicado a razão e eu nunca tinha me interessado em saber.

— E você ficou triste? — perguntei.

— Por causa dessa, não... — respondeu ele. — Agora, se você reparar bem, não tem foto minha aí até hoje.

QUANDO SOMOS TODOS QUASE

Eu dei uma rápida verificada e não havia mesmo fotos dele.

— É verdade. Por quê?

— Coisas da vida. Eu sou o quinto filho e, para o quinto, os pais sempre têm menos tempo. Quando eu era criança, era difícil tirar uma foto, ou acontecia nas praças, ou em algum estúdio. Os fotógrafos entregavam as fotografias dentro de uns álbuns que pareciam convites de casamento. Custava caro. Pode ver. Do seu tio mais velho, tem um montão, até nas paredes, porque ele foi o primeiro filho e todo mundo queria registrar o momento. Além disso, ele foi o primeiro neto, primeiro sobrinho e por aí vai... Quando eu nasci, criança já não era novidade nesta família e ninguém tirou foto minha. Acho que eu só tenho uma foto da minha infância. Só foram perceber isso depois que eu tinha crescido, mas aí, quem não queria tirar foto era eu. Deve ser algum trauma. Ou quase — riu ele.

Devia ser mesmo, na hora de tirar fotografias sempre era difícil convencer o Tio Valter a entrar no grupo. A maioria das fotos dele eram tiradas "escondido", quando ele estava distraído ou em meio a muitas pessoas.

— Olha só, você já tem lugar na "galeria da vovó" — completou ele.

Sobre aquele móvel, uma cristaleira baixinha, havia vários porta-retratos e imagens de quase toda a família. Eu estava em uma foto com a minha mãe, meu pai e meu irmão. Eu era bem criança e meu irmão fazia cara de choro, acho que até hoje ele faz cara de choro.

— E você não fica triste com isso? — me interessei.

Ele coçou a cabeça, sorriu e quase se abaixou para me fazer uma confidência, como se eu ainda fosse tão pequeno que ele tivesse que se curvar, mas logo interrompeu esse movimento e disse, simplesmente:

— Durante um tempo sim, eu achava estranho que ninguém nunca falava comigo sobre isso, parecia que só eu me incomodava, como se eu não fizesse parte da família. Aí, fui tocando minha vida, estudando, trabalhando, casei, fui morar fora. Essa lembrança de não estar na "galeria da vovó" foi ficando cada vez mais distante de mim. Mas sabe quando eu realmente parei de me incomodar?

— Quando?

— No dia em que nasceu meu primeiro filho, seu priminho. Quem diria. Só aí eu percebi como filho pede atenção, dá trabalho. Chora o tempo todo, não deixa a gente dormir. É difícil de saber se está com fome, com sede, com dor. Minha última preocupação na vida era tirar fotos. Imagine seus avós, que já tinham quatro filhos para criar, e sem dinheiro ainda por cima.

— Então, ele também não tem nenhuma foto? — perguntei.

— Ah não, peraí, não é assim também — riu ele. — Eu que não ia deixar o garoto crescer com esse trauma. Eu sempre deixava o celular por perto, para algum caso de emergência, então, entre uma troca e outra de fraldas, eu fotografava. Mas foi só nos primeiros anos, depois, fui relaxando. Ele é quase um filho sem fotos.

Ouvindo tudo aquilo, eu tive uma ideia.

— Então, tio, sabe do que eu me lembrei. Que nós não temos nenhuma foto nossa juntos. Vamos resolver isso já — tirei meu celular do bolso para fazer uma selfie. Imaginei que ele fosse honrar a fama e fugir, mas ele apertou o meu ombro, armou um sorriso e, pronto, agora eu tinha uma foto com o meu tio. Ele ficou feliz.

Depois voltou para as muitas rodinhas da festa e eu fiquei ali, pensando.

Será que quando a gente deixa de fazer as coisas, rejeita convites, não diz o que sente, param de se importar conosco? Será que ficar calado faz com que as pessoas se afastem, vamos nos tornando quase esquecidos, embora estejamos por perto?

Essa história de quase pode ser perigosa.

Eu gosto de ficar quieto, acho bom, de vez em quando, ficar no modo "quase ausente". Mas e se esses momentos-quase se tornarem permanentes e eu nunca conseguir voltar a ser inteiro?

Toda essa história não saía da minha cabeça. Se todo mundo da família sumisse e só sobrasse aquela mesinha com fotos, ninguém iria saber que meu tio existiu. É bom existir, eu gosto de existir, de que se lembrem de mim. Aquilo não podia ficar assim de jeito nenhum e eu encontrei uma maneira de resolver a questão.

Fiquei observando o Tio Valter quando o celular dele tocou.

Ele pegou o aparelho, olhou a mensagem e eu percebi uma ligeira mudança em seu olhar, **talvez só eu tivesse notado,** mas ele ficou emocionado, eu estava certo. Veio até mim e disse:

— Obrigado!

Pensei no velho fotógrafo da praça, que nunca pôde tirar uma foto do meu tio. Distante da atual tecnologia, ele não poderia fazer o que eu fiz, mas uma edição básica deu conta de corrigir aquela ausência.
E agora, o tio está, finalmente, na "galeria da vovó."

O bom dessas festas de Natal é a quantidade de comida, ainda mais em uma família grande como a minha. Cada um deve trazer um prato, e nunca é um qualquer, mas "O" prato, aquele em que a pessoa se dedica por, pelo menos, uma semana; tem quem passe um mês apenas reunindo os ingredientes.

Sempre tem uma mesa de "pré-jantar" com algumas entradinhas mais simples. Nela, ficam os quitutes que não terão lugar no banquete principal. Quem tem seu prato colocado nessa mesa já sabe que não é considerado um queridinho da vovó, porém, se conforma com a situação, porque não há nada que possa ser feito.

Existe até quem prefira, pois sabe que haverá um guloso que vai se esbaldar por ali mesmo e comerá pouco da mesa principal, de onde sairão generosas sobras para o dia seguinte. Algumas comidas são somente bonitas; o gosto, às vezes, é horrível. Do "pré-jantar", pouca coisa restava. O campeão de todas as disputas será eternamente o momento das sobremesas.

Diante dos avisos de minha mãe, que pedia para eu não me empanturrar antes do jantar, peguei um pratinho, enchi com os salgados de cara apetitosa e fui me sentar no jardim ao lado do primo Paulo. O jardim não era muito espaçoso, mas, no Natal, ficava extremamente caprichado e iluminado. As luzes, na verdade, não ficavam na melhor disposição do mundo, contudo, como enrolavam-se nas árvores e piscavam aleatoriamente, ninguém notava que estavam meio tortas.

Eu me aproximei do primo Paulo, que olhava o celular distraído, e perguntei:

— Oi, primo, posso me sentar aqui com você?

Ele me olhou meio assustado e respondeu.

— Claro! Olha só, que prato bonito, deu até fome.

— Quer alguma coisa? Pode pegar — respondi.

— Olha, eu não ia tocar em nada, preciso manter a forma, sabe como é. Estou quase chegando no peso certo, melhor não descuidar.

Desde que eu o conhecia ele estava quase chegando ao peso certo.

— É Natal! Pode — argumentei para convencê-lo, o que acabou surtindo efeito.

— Ah, quer saber, vou pegar um pouquinho só. Vou deixar o celular aqui, tá bom? Não tem bolso nessa calça... Já volto.

Ele colocou o celular ao meu lado e partiu em direção à mesa. O primo Paulo é querido por todos. Ele tem 25 anos de idade e já terminou a faculdade de Medicina, é o orgulho da família. Sempre foi o melhor aluno, o que se destacava nos esportes, o que passava em primeiro lugar, ou quase, em tudo o que tentava. Era a perfeição da família.

Eu ia dar uma bela mordida em uma empadinha de palmito exatamente no momento em que chegou uma mensagem no telefone dele. Chamou a atenção, pois tudo estava um pouco escuro, as fracas luzinhas ao meu redor só provocavam um efeito colorido, não iluminavam realmente. Então, quando o visor do celular se acendeu, ele se destacou. Instintivamente olhei para ele e surgiu o rosto de um rapaz, tão jovem como meu primo, a mensagem também brilhou na tela o tempo suficiente para que eu pudesse ler:

"Meu querido, desejo uma ótima noite de Natal, pena que não possamos estar juntos.

Saudades.

Um beijo carinhoso e até o Ano Novo!"

E daí, a luz se apagou.

A mensagem me pareceu, sei lá, não sei como dizer, nenhum amigo meu me escreveu aquelas palavras: estar juntos, saudades, beijo carinhoso.

Eu pensei que teria lido errado, foi breve, talvez eu tivesse me enganado, mas, sei lá, eu estava bastante acostumado a ler mensagens no celular, lia rápido. Eu permitia que elas aparecessem na tela porque eu achava fácil, prático e, principalmente, quando elas apareciam assim, o *app* não avisava que eu as tinha lido. Se fosse algo que eu pudesse deixar para depois, eu deixava, se fosse importante eu ia lá responder. Então, era natural ler bem rapidinho esses textos.

Comecei a me sentir culpado. Aquela conversa parecia íntima demais. Não deveria ter lido, mas, afinal, não tinha sido culpa minha, não li porque quis, de maldade. Foi algo rápido, instintivo. Peraí, e se fosse uma brincadeira, algum amigo querendo provocar, poderia ser, claro... e se não for? O que eu tenho a ver com isso?

— Pronto, voltei — disse meu primo se sentando ao meu lado com um prato mais cheio do que o meu. — Acho que eu exagerei.

Eu tentei parecer o mais natural possível, como se não tivesse sido uma péssima pessoa, aquela que lê mensagens particulares... Acho que ele não iria perceber nada.

Ele, então, pegou o celular e viu que havia um símbolo indicando uma nova mensagem. Desbloqueou, deslizou o dedo na tela e, imediatamente, deu um sorriso. Ele se curvou ligeiramente, de maneira que eu não pudesse ver o que ele lia. Na sequência, ainda mastigando um pedaço de alguma coisa, ele respondeu. Não demorou quase nada, e veio uma resposta, ele retornou, depois outra, e outra, e outra, e outra....

Eu me senti incomodado, parecia que eu estava atrapalhando uma conversa, fiz sinal de que iria embora, mas ele me pediu para ficar.

Eu fiquei.

— Não, já acabou. São meus amigos que também estão com a família, mas alguns estão impacientes, cansados das piadinhas do "tio do pavê", do arroz com passas. Toda família é igual, como se diz, só muda o endereço.

— Eu sei como é — concordei. — Tenho amigos que adoram o Natal, justamente para ver gente da família que eles nunca veem, mas outros ficam doidos para esse dia passar logo, preferem viajar, sumir. Você vai viajar este ano?

— Não sei. A grana está meio curta — lamentou ele.

— Tenho ainda algumas provas logo no começo do ano, uns concursos, preciso ver se consigo aprovação... — surgiu outro recado, e ele respondeu imediatamente. Então, ele ficou em silêncio, abaixou o celular e me disse: — Vou te contar um segredo, preciso falar para alguém, desta família, tem que ser desta família, e você vai ser a primeira pessoa a saber.

— Nossa, como assim, desta família? Você tem outra?

— Quase — sorriu ele. — É que... eu... eu estou apaixonado.

Eu fiquei sem saber o que comentar. Nunca ninguém me confidenciou isso, assim, tão do nada. Alguns amigos e amigas já me descreveram que haviam curtido ficar com alguém, que deram uns beijos numa balada, que tiveram um romancezinho, mas afirmar "estou apaixonado", eu não me recordava.

— Que bom! — só consegui falar isso.

— Pronto! — disse ele. — Estou aliviado. Precisava contar para a família sobre isso e você foi minha cobaia. Tá valendo.

— Cobaia? Logo eu que só me sentei aqui para comer um pratinho de tranqueiras.

Ele riu.

— Desculpa, é que aconteceu muita coisa nos últimos dias, algumas decisões que eu vou, e QUERO tomar, e acho que já passou tempo demais para eu viver a minha vida do jeito que eu quero. Chega de ser o que esse povo considera o "perfeito", o "estudioso".

— Todo mundo te vê assim mesmo.

— E o que é ser "perfeito"? Eu não sou. Nunca fui, nunca quis ser. As pessoas inventam na cabeça delas o que é perfeito e projetam isso em você, depois querem que você viva a vida que elas não conseguiram viver. Já percebi. Quantas vezes não escutei nesta casa: "ah se eu tivesse tido sua oportunidade", "ah que sorte você tem", "você é o orgulho desta família" e por aí vai. Só que ninguém se lembra de que eu me mato de estudar, fiz todo tipo de bico para pagar meus estudos, dei aula de inglês, assei bolo, corrigi provas, tanta coisa.

— Por isso que você é perfeito — eu ri. — Ninguém nunca vai falar assim para mim, só espero que não me digam um dia que eu "quase" consegui... Não quero ser um "quase".

Paulo olhou para mim e disse.

— Taí, gostei. Eu não vou ser "quase" também não. Estamos juntos. No ano que vem, voltarei aqui nesta mesma época e vai ser inteiro, bem inteiro, acredite em mim.

A conversa continuou como sempre. Ele me incentivou a buscar os meus sonhos, a não deixar ninguém me dizer que eu não seria capaz de alguma coisa. Escutando o primo falar, até parecia fácil, mas eu estava certo de que não seria. Acabei me levantando e o deixei sozinho. Tão logo fiz isso, vi que ele começou a gravar uma mensagem com uma voz bem melosa, daquela de quem realmente está apaixonado.

Saí dali muito feliz. Finalmente alguém não me falava do passado, de tantos "quase". Paulinho também me falou de um "quase", mas o dele, quem diria, parecia que logo se tornaria "um inteiro".

De repente lembrei de um trecho de um poema
de Fernando Pessoa:

" <u>Nunca conheci quem tivesse levado porrada.</u>
Todos os meus conhecidos têm sido campeões em tudo."
A primeira vez que li esse início do poema, eu pensei que
fosse uma brincadeira. Um poeta que já havia falecido
há tantas décadas

não poderia ainda ser tão atual.

Achei que alguém tivesse adaptado o texto.
Não, é assim, de verdade. Ao olhar as fotos que
meus amigos estão postando,

parece mesmo que todos
são felizes, campeões em tudo,

com mesas fartas, famílias com sorrisos totalmente
brancos. Mas, e as reclamações que tantos deles me
fazem no dia a dia? Da falta de dinheiro, de
problemas de saúde, da interrupção de sonhos...

Sei lá, estou achando que todo mundo
ali, naquela vida virtual, também
é quase feliz. Alguém deve, sim,
ter levado alguma "porrada", só
não pode, ou não quer,
confessar.

"A mocidade esplêndida, vibrante,
Ardente, extraordinária, audaciosa.
Que vê num cardo a folha duma rosa,
Na gota de água o brilho dum DIAMANTE;"

Charneca em flor, Florbela Espanca.

QUASE
família

A casa é grande, mas tem poucos banheiros. Ou será gente demais para pouca casa? Sei lá, pode ser coincidência: sempre que eu quero ir ao banheiro, preciso esperar um pouquinho. Felizmente, nunca é nada urgente.

E, desta vez, não esperei muito, eu já ia começar a passar o tempo no celular, quando a porta se abriu.

— Oi, desculpe, acho que eu demorei.

— Que nada — respondi. — Acabei de chegar e nem estava assim com tanta pressa.

Era a Estela, que tinha sido "adicionada" à família há algum tempo e, de verdade, todo ano ela traz "uma nova adição". Tão logo ela se casou com meu primo Sérgio, ela ficou grávida. No Natal passado, eles já estavam com o Betinho e, agora, ela já aguardava por "novidades".

— Mulher grávida vai muito ao banheiro — comentou ela.

— E para quando é?

— Daqui a três meses.

— Ah, então no próximo Natal, já vamos ter mais um membro nesta família — comentei.

— Um não! Dois! — corrigiu ela.

— Gêmeos, que bacana. A gente nunca teve gêmeos nesta família.

— Mas na minha tem, aos montes...

— Ah, vai ser legal — respondi.

— Legal? — espantou-se ela. — Não tenho tanta certeza. Ainda estou me acostumando a lidar com o Betinho, o Sérgio vive viajando por causa do trabalho, fico muito sozinha, minha família mora longe, larguei o meu emprego e, agora, vou ter mais dois filhos... Sinceramente, não sei como vai ser... Não tenho ninguém pra me ajudar. Estou quase enlouquecendo.

Confesso que eu não esperava ouvir aquilo. Ela me olhou profundamente e, disse tudo isso de uma vez só. Eu sempre achei que todas as mães fossem felizes, sem problemas, que adoravam cuidar de seus filhos. De repente, ela me jogou ali uma série de questões sobre as quais eu nunca havia pensado.

Deve ser mesmo difícil cuidar de um filho. Lembro que um tio recém-casado precisou ficar um tempo na minha casa porque estavam reformando o apartamento dele e vieram, claro, a esposa e um bebê recém-nascido. A criança chorava a noite toda sem parar, era quase impossível dormir. Depois, eles foram embora, e eu meio que tinha me esquecido disso tudo.

— Ah, desculpe — riu ela em seguida. — Acho que você escutou mais do que perguntou. Tenho estado um pouco nervosa por esses dias, queria também dar um beijo na minha mãe neste Natal, mas, pelo quinto ano seguido, não será possível. Ela mora muito longe, fico ainda mais triste nessa época.

Sei lá, achei que ela não estava nada bem. E eu não sabia como apoiá-la, usei o dedo indicador para mostrar que eu precisava ir ao banheiro e simplesmente escapei. Fechei a porta aliviado para logo me sentir culpado: será que eu fui egoísta? Será que ela pretendia desabafar mais alguma coisa? Como ela não tem ninguém para ajudar? Nossa família é tão grande, será que ninguém consegue dar uma mão pra ela?

Fica estranho ela dizer isso, parece que ela não nos considera sua família, ou será que ela se sente apenas quase da família. Eu nunca me vi numa situação assim, sei que tenho um monte de gente com quem contar, caso eu precise, porém... ela... marido que viaja, mãe distante, três bebês...

É, não deve ser nada fácil.

Talvez ela seja uma dessas pessoas que "já levou porrada".

Fui olhar a pilha mais ou menos
modesta de pacotes
debaixo da árvore e achei que
quase todo mundo ganharia
algum presente.

QUASE
sou

Parecia que eu tinha sido atingido por um furacão, mas eram apenas dois priminhos meus que passaram voando, quase me derrubando:

— Volta, volta aqui! Me devolve.

Tanta coisa se passou pela minha cabeça naquele momento. Até pouco tempo, eu era assim. Na noite de Natal, aquela alegria de encontrar muitos dos meus primos, repetir brincadeiras, mostrar os desafios vencidos nos games, contar piadas e, bem modestamente, planejar o futuro: ser bombeiro, cientista, veterinário, lixeiro, alpinista e por aí vai.

Dizem que estou numa fase meio estranha, eu ainda não sou adulto, mas também não sou mais criança. E agora? Como fico nessa história? Se eu tiver vontade de brincar, eu não posso, porque vão falar que eu já "sou mocinho", como algumas tias insistem em me dizer, ou dirão que eu sou quase adulto e tenho que me comportar.

Daí que surgiram novas perguntas em minha vida:

"Está namorando?"

"Já votou ou ainda não tirou o título?"

"Tomara que você não reprove na hora de tirar a carta."

"E o que você vai estudar? Vai para a faculdade?"

Às vezes, me sinto na obrigação de ter uma resposta para tudo isso e até arrisco algumas, dependendo da pessoa.

Alguns querem que eu diga que tenho muitas namoradas, falam para eu não me meter em política; outros me contam das sucessivas vezes em que foram reprovados nas provas de motorista.

Faculdade?

Parece até que toda minha família foi para a faculdade. Claro que não. Mas, sei lá, eles depositam tanta expectativa em mim. Tenho a impressão de que eles querem que eu faça tudo o que eles não conseguiram fazer.

Talvez seja isso que me motivou a pensar nos tantos "quase" dessa família.

Não sei se posso dar conta de tantos inteiros.

Tem gente que sonhou em dar a volta ao mundo, mas nunca saiu do próprio bairro. Alguns jamais se sentaram atrás da direção de um automóvel, morrem de medo de dirigir. Vários começaram e pararam a faculdade, outros até terminaram, contudo, abandonaram a profissão.

Agora, na minha vez, parece que tenho que ser perfeito, tipo o meu primo Paulo.

Claro que eu gostaria de conhecer o mundo, mas como é que vou conhecê-lo se não tenho dinheiro e, para ganhar dinheiro, preciso ter um emprego, porém, para conseguir o emprego, preciso ter experiência e, para ter experiência, alguém precisa me dar uma chance e, para ter uma chance, eu devo esconder minha timidez, meu medo, minha insegurança...

— Devolve isso, Pedro!

Desta vez eu segurei o moleque para descobrir o que é que a Marina tanto queria. Mal o detive, ela o pegou pelo braço e ameaçou dar o maior beliscão caso ele não devolvesse o celular dela.

— Devolve — eu falei.

— Se você me beliscar — provocou Pedro. — Eu vou contar pra todo mundo que você está namorando.

— Mentira! — berrou ela.

— Eu vi no seu celular. Alguém falou o nome do menino que você gosta — riu Pedro.

— É uma brincadeira, um jogo com uma amiga minha.

Depois dessa, constatei como é perigoso esse negócio de deixar que o celular apresente prévias das mensagens. Melhor mudar logo minhas configurações.

No fim, eu "sugeri" que ele devolvesse o celular da priminha e avisei que não era certo fazer aquilo. Por acaso ele gostaria que alguém falasse que ele ainda fazia xixi na cama? Claro que ele desmentiu, e nem era verdade, mas se a priminha quisesse espalhar aquela notícia, ele estaria perdido. As pessoas são mesmo capazes de acreditar em cada bobagem, que vou te contar.

Não demorou muito e eles estavam brincando juntos novamente. E sempre foi assim. Quem nunca brigou com um primo e fez as pazes cinco minutos depois? E eu acabei agindo como o "adulto mediador"... Cresci?

E por falar em brigas de família... Pequenas discussões, grandes problemas.

> **Os idosos acreditam em tudo.**
> **Os maduros duvidam de tudo.**
> **Os jovens sabem tudo.**
>
> *Oscar Wilde.*

QUASE
paz

laro, há quem não se tolere na minha família, e, siiiim, essas pessoas se encontram na noite de Natal, mesmo que brevemente.

Houve ano em que uma das partes brigadas não compareceu, e isso rendeu ainda mais discussões. O parente que foi à festa ficou se gabando de que não deixava pequenos conflitos interferir na vida familiar, que era benevolente, isso e aquilo.

Quando o outro descobriu, começou a mandar mensagens para os parentes dizendo que não tinha ido justamente para não arranjar desavença, que era superior, que respeitava a avó, que, também por causa disso tudo, era melhor mesmo que não se encontrassem porque senão, não respondia por ele.

Houve momentos em que eles quase se encontraram, mas quando um chegou, o outro tratou de se retirar. Foi ainda pior, com choradeira geral: das crianças que queriam ficar, da avó, que não aceitava aquela discórdia, dos tios e tias que tentaram o "deixa disso". No fim, longe de qualquer acordo, foram embora levando debaixo do braço os presentes que deveriam ter sido desembrulhados durante o monótono amigo secreto.

Neste Natal, ambos vieram, cada um fica de um lado da casa e sempre há um pequeno grupo entre eles, meio que os separando, evitando que se esbarrem. Qualquer coisa pode detonar nova confusão.

É um tal de esposa que leva lanche, traz suco...

A briga foi entre os tios; as tias, que permanecem amigas, se entreolham e parecem concordar que seus maridos se comportam como os moleques mais desordeiros da sala de aula.

E, para piorar, ninguém sabe a razão inicial, acho que nem eles.

Cada um dos dois possui defensores na família. Para uma parte, a culpa é do tio tal, e vice-versa, mesmo que, é bom lembrar, ninguém se lembre de como a inimizade começou.

Volto às minhas briguinhas com os priminhos. Quando isso acontecia, minha mãe vinha, conversava, dizia que não podia bater no priminho, embora fosse eu quem sempre apanhava, mas, deixa para lá, e fazia a gente ficar de bem novamente.

Deveriam fazer a mesma coisa com esses dois brigões, obrigar cada um estender o dedo mindinho, apertá-los e, pronto, fim da desavença.

Sabe como é, adultos têm lá o seu jeito de complicar as próprias vidas, quase tudo poderia ter uma solução, mas algumas coisas eles vão levar para o túmulo. Aliás, além do Natal, a família só se encontra em casamentos ou velórios. Felizmente, tenho ido a mais casamentos do que a velórios.

O ideal no momento é ir até a cozinha e roubar um brigadeiro, essa é uma tradição da qual eu nunca vou abrir mão.

QUASE
outro

Recebi uma mensagem do Marcelo:

— Cara, me tira daqui!

Eu ri e o chamei para um papo por vídeo.

— Deixa eu ver a decoração — foi a primeira coisa que pedi.

Ele girou o celular pela sala e, sinceramente, parecia Carnaval, não Natal: um exagero de cores, luzes, sons, enfeites de diferentes épocas, dezenas de presépios de todos os tipos.

— Se eu quisesse fazer uma maldade, eu chamava alguém que acabasse de ter feito uma operação nos olhos e mandava tirar os curativos aqui. É muita luz, o cara ia ter certeza de que estava curado. Este ano não tem lugar nem para sentar, minha tia encheu os sofás de almofadas que brilham. Algumas estão ligadas na tomada, alguém vai acabar morrendo eletrocutado.

A tia dele era mais ou menos "normal" até que um jornal da cidade dela, que fica há uns 400 quilômetros da capital, bem no interior, ou no mato, como diz o Marcelo,

QUANDO SOMOS TODOS QUASE

resolveu fazer um concurso de Natal no qual premiariam a casa mais enfeitada. Ela decorou o jardim modestamente, colocando uma luz aqui, outra ali, alguns penduricalhos no muro e pronto.

Ganhou o concurso?

Não!

Quem venceu foi o vizinho dela somente porque havia colocado um pouco mais de luzes e um boneco de Papai Noel que acenava e dizia alguma coisa em inglês.

Ela não gostou de ter perdido por tão pouco e prometeu que, no ano seguinte, iria vencer a competição de qualquer jeito. Assim, tão logo o Natal terminou, ela pediu a todos os parentes e amigos que viviam em cidades maiores que comprassem os enfeites em liquidação. Ela pretendia fazer um estoque. Algumas pessoas até resolveram lhe mandar de presente alguns enfeites dos quais já tinham enjoado ou que não pretendiam reutilizar.

A casa dela foi se enchendo de pequenas caixas que ela nem mesmo abria. Deixava tudo guardadinho, a fim de não juntar pó, para que brilhassem no momento certo. Perto do final do ano, ela resolveu comprar itens extras por conta própria e ali, em meados de novembro, começou a ornamentar a casa.

E, de fato, o jardim já estava muito mais decorado do que estivera no ano passado, o vizinho "vencedor" observava tudo admirado, e decidiu também colocar o seu Papai Noel campeão novamente do lado de fora da casa. A sorte deles é que naquela cidade raramente chovia, assim, os enfeites não corriam o risco de ficar encharcados e, caso ficassem, secariam rapidamente.

Silenciosamente, uma rivalidade, que até então não existia, surgiu, e a tia do Marcelo já se considerava a vencedora daquele ano. Teria decorado o jardim somente com "algumas coisinhas perdidas em casa", "por gosto". Estava, inclusive, preparando o discurso que faria tão logo recebesse o merecido prêmio, mas, quem diria, naquele ano o jornal simplesmente não realizou o concurso. Depois, especularam que foi em razão de problemas econômicos, não havia patrocinador. A verdade era que o dono tinha sido preso por causa de alguma falcatrua.

No fim das contas, essa tia acabou se conformando com os elogios que recebeu dos parentes, muitos deles reconhecendo os enfeites que enviaram, ou de que tentaram se livrar ao longo do ano.

Desde então, a decoração só aumentou. Até o telhado da casa ficava enfeitado. O vizinho, nem mesmo aprontava seu Papai Noel campeão, pois ele tinha quebrado e permaneceu com uma das mãos parada em uma posição meio esquisita como se estivesse pedindo carona.

O concurso voltou a acontecer por outras duas vezes e, finalmente, a tia do Marcelo o venceu. Como somente ela se interessava, e seria sempre a campeã, o jornal trocou o concurso por outro, de redação, que premiava o texto mais criativo para a noite de Natal.

O problema era que o jornal, após a prisão do dono, entrou em decadência e quase mais ninguém o lia. Terminou virando um folheto que mostrava as promoções do comércio das cidades vizinhas.

— Cara, minha tia pirou de vez. Agora, ela passa um tempão contando como conseguiu cada um dos enfeites.

Depois da ceia, quem se manteve sóbrio, é obrigado a ficar na sala escutando a história dos presépios. Eu já avisei minha mãe que não venho no ano que vem de jeito nenhum.

Eu ri e pensei que nós tínhamos problemas bem parecidos. Muitos dos meus primos já faziam aquilo, escapavam da noite de Natal e iam emendar o Réveillon em algum lugar que tivesse praia ou montanha, mas, no meu caso, a falta de dinheiro e de autonomia ainda me faziam seguir com meus pais.

Nossa sensação era semelhante, porém, ele parecia mais desesperado.

— E aí, como estão as coisas? — perguntou ele.

— Do jeito de sempre, quer dizer, quase — respondi.

— Seus tios fizeram as pazes finalmente?

— Não — eu ri, até o Marcelo sabia daquela situação.

— Continuam se evitando. Acho que quem mais mudou fui eu.

— Ah não, não vá me dizer que você já se transformou em um deles? Sai daí agora, vou mandar a polícia te buscar.

— Olha, eu nem acho a casa da sua tia tão exagerada assim, será que você não poderia pedir para ela me ensinar a fazer uns desses enfeites?

Marcelo riu, pois percebeu que eu estava brincando. Aquilo tudo parecia absurdo para nós dois. Um monte de parente trancado dentro de casa, sem poder sair até que se acabasse um jantar, porque alguém havia inventado que era importante, mesmo que muitos dos convidados se odiassem mortalmente. A gente tinha combinado de não repetir esse tipo de coisa no futuro, mas, sei lá, parece que eu estava começando a perceber algumas coisas que eu não havia notado no Natal passado. Mesmo com tantas pessoas ao redor, há alguns momentos em que podemos nos sentir sozinhos. Isso é estranho.

— Cara, minha mãe me mandou desligar o celular e curtir a família, ai, ai... tenho que ir. Boa sorte aí! Espero que você sobreviva.

— Você também — respondi. — Feliz Natal.

Ele não me respondeu, saiu da chamada e me bloqueou, como ele sempre faz quando quer me provocar. Daqui a pouco pede para me adicionar de novo. Acho que vou dar uma canseira nele.

Depois, eu fui comer uns doces aqui e ali, entrei em alguns jogos e brincadeiras de adivinhar, disputas e, em algumas delas, parecia que estávamos disputando por algo muito sério, quando era somente por castanhas e amendoins. Mas o vencedor se enchia de orgulho e ficava contando vantagens pra cima dos perdedores.

De repente, eu me lembrei da tia do Marcelo. Quando foi que uma diversão, algo que parecia destinado a deixá-la feliz, decorar sua casa para uma festa, se transformou numa rivalidade maluca, insana que acabou trazendo decepção, vingança e frustração?

Será que precisamos tornar todos os aspectos de nossa vida em uma disputa por alguma coisa? Não podemos apenas curtir o momento, aprender, descobrir ou crescer a partir do outro?

Faz cada vez mais sentido o que minha avó diz: Cuide do seu jardim em invés de ficar vigiando o do vizinho. Ela fala que, se as pessoas perdessem menos tempo tentando se comparar, todo mundo seria mais feliz. Há gente que é mais alta, que troca uma lâmpada com a mão, outros precisam pegar uma cadeira, uma escada, mas o resultado será sempre o mesmo, diz ela, uma lâmpada trocada. Assim é a vida, alguém irá precisar de instrumentos diferentes para conquistar a mesma coisa, então, é bobagem se sentir infeliz porque fulano corre mais rápido, é mais gordo, mais magro, tudo isso não importa.

Aí, eu me pergunto:

Quantas vezes eu venho fazendo isso? Eu ainda caio no erro de achar que eu não vou conquistar algo porque cicrano já fez antes de mim. Mas, e se eu descobrir um jeito diferente de obter a mesma coisa, que melhore o que outro já criou, não é assim que o mundo evolui?

Filosofia demais para uma simples festa de família, né?

Melhor tentar encontrar alguém que já esteja feliz, que não seja um QUASE feliz.

QUANDO SOMOS TODOS QUASE

"NÃO, SENHOR, AGORA QUER VOCÊ QUEIRA, QUER NÃO, HÁ DE CASAR, DISSE-ME SABINA. QUE BELO FUTURO! UM SOLTEIRÃO SEM FILHOS."

Memórias Póstumas de Brás Cubas, Machado de Assis.

QUASE
sonho

Alguém feliz, achei! Na verdade, eu não poderia dizer que alguém estivesse infeliz naquela noite, talvez triste, melancólico em razão de algumas pessoas que não estão mais entre nós e que alegravam estas festas, mas, poucos sempre estavam de bem com a vida.

O tio Estevão era um desses que vive de sorriso aberto. Comemorou os seus 50 anos de idade exatamente no dia de Natal e se divertia com isso.

"Quando eu era criança", lembrava ele sempre que perguntado, "detestava fazer aniversário no Natal, achava injusto, porque eu só ganhava um presente. Depois, descobri gente que nasceu no dia 31 de dezembro e adoro provocar esse povo dizendo que, por um único dia, eles eram um ano mais velhos. Pior do que nascer no Natal".

Ele estava contente por completar 50 anos, pois dizia que adorava comemorar datas "redondas" e que, atingir meio século de vida, não era para qualquer um. Algumas pessoas o chamavam de velho, mas ele não ligava e retribuía aquelas "ofensas" das maneiras mais variadas possíveis: "velho é o teu passado", "estou muito melhor do que você", "quero só ver quando chegar na minha idade, se chegar..." E ele comia, bebia, ria muito.

Eu nunca o havia visto triste; quem se lembra, afirma que ele só ficou desolado na morte do vovô, mas eu era novinho e não consigo ter certeza de nada daquele dia.

Cheio de alegria, tio Estevão às vezes podia ser um pouco inconveniente. Não era todo mundo que curtia conversar tanto, se expor. Alguns o chamavam de "tiozão do pavê", mas ele não ligava. Foi, então, que, acabamos nos encontrando e ele tascou a pergunta que distribuía a quem já estava ficando "de maior".

— E aí, já tem uma namoradinha?

Ele nem se lembrava, mas já tinha me perguntado isso naquela noite...

— Como é fazer 50 anos, tio?

— É bom, melhor do que não fazer — riu ele.

— Não parece — respondi sendo bastante sincero.

— Ah, eu tenho sim. Olha esta pança, esses cabelos brancos, essas dores nas pernas, quer dizer, isso você não consegue ver, mas, se conseguisse, aposto que ia ver um bicho muito feio.

Cinquenta anos parecia ser um longo tempo, o que dá para fazer em cinquenta anos de vida? Ele mesmo me respondeu:

— Ah, eu estudei, namorei, arranjei emprego, casei, tive filhos, por mim eu teria tido um time de futebol, sua tia não quis — divertiu-se ele. — Aí, deixa eu ver, trabalhei mais para sustentar filho, pagar viagem do filho, comprar brinquedo pro filho, olha, queria ter a vida deles, pena que não dá, né?

O tio Estevão era daqueles que pretendia dar aos filhos tudo o que ele não teve. O meu primo Luís, sei lá, é meio relaxado. Filho mais velho do tio Estevão, ele nunca se acertou muito nos estudos, até hoje não terminou nenhuma faculdade, tem 28 anos. Com a idade dele, meu tio já tinha se casado, mudado de emprego várias vezes. Vira e mexe eu escuto alguém dizendo que meu tio deveria olhar melhor o Luís.

Mas olhar o quê?

Com a idade dele, eu espero já ter um emprego pelo menos. O Luís, mesmo com todas essas oportunidades, sei lá, acho que não concluiu nada porque não quis, como diz meu pai. Ele não é de falar muito, só nos vemos na noite de Natal. Ele já trouxe umas namoradas nestas festas e parecia que sempre era a definitiva, a mulher ideal, mas, no ano seguinte, ou aparecia sozinho ou com outra garota.

Dizem que ele é assim porque o pai dá tudo o que ele pede, mas a minha prima, irmã dele, também recebe tudo do pai e tem um comportamento bem diferente, já trabalha e até fez intercâmbio no exterior. Então, talvez, o problema não é receber tudo de mão beijada, mas o que fazer com isso.

Eu mesmo não recebo tudo que eu quero, bem que eu gostaria; lá em casa meu pai já perdeu o emprego duas vezes. Minha mãe se segura melhor porque ela fez um concurso público e parece que a atividade profissional dela é mais tranquila. Ela vive dizendo que também quer mudar de trabalho, que a vida dela não é nenhuma maravilha, embora todo mundo pense que ela tem as maiores das regalias só porque é funcionária pública, porém, eu vejo que ela costuma reclamar da pressão do público, do chefe, das metas... Trabalha bastante. Já meu pai, vive na internet fazendo alguns treinamentos gratuitos, preenchendo formulários em sites de contratação. Ele nunca ficou desempregado muito tempo, mas está sempre preocupado.

Meus pais me mandam estudar, cursar o que eu decidir. Mesmo assim, eu me sinto pressionado. E se eu me formar e não conseguir um emprego, e se eles pagarem minha faculdade e eu continuar precisando deles para sobreviver?

Do que eu gosto?

Será que vai dar para ter uma vida digna fazendo o que eu gosto? Eu não sei. Meu tio Estevão trabalha em um laboratório farmacêutico, acho que ele é chefe lá, e vive pesquisando sobre vírus, bactérias, parece que é legal, mas não é a minha praia.

Aliás, eu gostaria de ser surfista, isso sim, mas nem tem faculdade para surfista. Minha família quer que eu faça uma faculdade, e se sacrifica tanto, que eu acho que é minha obrigação seguir esse caminho. Surfista fica sendo um hobby.

Já me perguntei várias vezes se não valeria a pena largar tudo e correr para o mar. Viver por lá, surfar, ensinar a surfar. Eu não sei se eu poderia ser um campeão, contudo, fico pensando se quem é campeão de verdade pensou assim:

"Ah, não vou conseguir, não vou nem tentar."

Eu acompanho bem esse mundo e vejo as entrevistas que eles dão. A maioria nunca foi rico, mas batalhou bastante para chegar aonde chegou: surfista profissional com patrocínio e tudo.

Futebol, então. Quando eu era mais novo, no time da escola, sempre tinha uns amigos craques, alguns até participaram de algumas peneiras, conversaram com olheiros, mas ninguém prosseguiu. Alguns não tinham como se mudar de cidade, os pais não deixavam, faltava grana ou, pior, descobriam muito cedo que não eram tudo o que pensavam com a bola.

Os sonhos eram mais ou menos enterrados bem cedo, ou QUASE.

Às vezes, eu penso que seria legal se conseguíssemos adivinhar que não vale a pena investir em tal caminho, que é perda de tempo, não constatar isso só lá frente, quando a gente já se esforçou um tempão e nem dá mais tempo de voltar atrás.

Minha mãe me disse que queria ser enfermeira, meu pai, piloto de avião.

Bem, nenhum dos dois trabalha com esses sonhos.

A minha sorte, acho, é que eu realmente não sei o que eu quero fazer da vida.

Será que eu sou igual ao Luís? Vou chegar quase aos trinta anos sem ter finalizado nada?

— Então — completou meu tio Estevão. — Isso é tudo o que eu fiz até agora.

Meu tio descreveu a vida inteira dele para mim, ou somente as melhores partes, vai saber. Eu escutei. A maioria dos adultos sempre tem alguma história de sonho não concluído, de algum assalto, de problemas de saúde, porém, os problemas financeiros são sempre os mais destacados. Na vida do tio Estevão havia tudo isso, mas ele não me falou a respeito de grana, acho que ele não tem esse problema. O que ele me contou me fez pensar bastante sobre as diferenças e sobre o tempo de cada um.

Há pessoas que seguem o mesmo caminho, mas vão mais rápido, aprenderam a correr, a saltar, conhecem outras línguas... Também há aqueles, que possuem outro tipo de conhecimento, sabem sobreviver com pouco, achar o que há de útil no mato, na água. E existem os fragilizados, mas que precisam igualmente seguir um caminho.

Meu tio concluiu:

— Já pensou se quem veio antes de nós tivesse largado um monte de gente pelo caminho? O que iríamos encontrar pela estrada? Um monte de ossos? Uma montanha de pessoas abandonadas, sem futuro, sem perspectiva? Isso não é legal. Para termos um caminho livre para seguir o nosso próprio destino, precisamos acompanhar quem está com dificuldade e estender a mão. Você por exemplo, que está aí com dois brigadeiros no prato, não acha que é hora de dar um pra mim?

Ele deu uma grande gargalhada, enfiou o brigadeiro na boca e, assim, acabou aquela nossa conversa, ou quase.

— Todo mundo pra mesa.
O jantar está pronto!
Falou minha avó.

QUASE
lugar

De repente, como se a mesa possuísse um imã, as pessoas se deslocaram de todos os lados da casa em direção a ela. As conversas se misturavam, vozes felizes, alguns mais alterados do que os outros em razão da bebida, e tinha bastante! Meio que quase tudo permitido, afinal, tratava-se de uma noite festiva, de comemoração, de rever a família. Proibições não eram bem vindas naquele momento.

A mesa de jantar ficava em uma sala ampla. Nos dias normais, ela era menor, porém, em dias de festa, a parte central era desdobrada e ela se ampliava pelo menos em metade de seu tamanho. Estava coberta por uma toalha decorada com motivos natalinos, claro. Sobre ela, diversas delícias, coisas do dia a dia, como saladas, e comidas diferentes como tortinhas, assados e todos aqueles pratos que mereciam estar na mesa principal, jamais na de "pré-jantar". Certamente quem havia trazido os principais, logo iria se revelar, apenas aguardava que as pessoas afirmassem que estava uma delícia. Na sequência, o cozinheiro diria que foi super fácil de fazer; uma tremenda falsa modéstia. Certamente o *chef* testara o prato ao longo do ano, assistira a vídeos na internet, trocara dicas em tudo que é grupo a fim de parecer fácil, e ai de quem duvidasse.

Os pratos, os talheres, todas as travessas, louças e guardanapos estavam enfeitados e só eram tirados do armário no Natal. Do jeito que eu falo, parece até cenário de cinema, impecável, muito requintado, mas era bem o oposto. Olhando de perto, tudo estava gasto, os enfeites dourados escamados, pequenas lascas nas alças dos pratos, louça antiga, segundo minha avó. Artigos de outras festas, de forma a lembrar nossos antepassados.

A única coisa realmente nova eram os guardanapos, alguns ainda possuíam o cheirinho de novos. Para as crianças, havia os que traziam desenhos de personagens famosos, vilões, todos ridiculamente fantasiados com roupas natalinas.

A música cessava. Pela casa, enquanto todos conversavam aqui e ali, havia som de fundo.

— Ai, tira isso que eu não gosto!

— Esse negócio ainda toca LP? Não tem WI-FI?

— Bota os discos do vovô!

— Eu não sei mais os nomes dos cantores de hoje em dia.

— No meu tempo que era bom.

Essa discussão não durava muito, ninguém prestava atenção no que estava tocando. Alguns até ligavam a TV, e a deixavam no volume mínimo, para ver a novela, ou as notícias.

— Vocês viram isso?

— Ninguém toma uma providência?

— Se eu estivesse lá, teria feito isso, isso ou aquilo.

— Meu time foi muito bem este ano, já o seu...

— No meu tempo que era bom.

Alguns iam lavar as mãos, quem tinha filho pequeno se reunia para juntar a turma e colocar ordem neles, cessar algum choro, limpar rostos melequentos.

Havia aqueles que desligavam o celular, ou os mantinham discretamente à mão, entre as pernas, caso aparecesse algo interessante. Já ameaçaram, no passado, tomar o celular de todo mundo, colocá-los em uma cesta e somente devolvê-los na saída, mas ninguém havia tido coragem de fazer aquilo até o momento.

E, no final, todos ocupavam um assento, quase sempre o mesmo dos outros anos, embora ocorressem pequenas mudanças como, por exemplo, alguém que não queria ficar mais na mesinha das crianças porque já era grande.

Aos poucos, iam se acertando, sempre cabia mais um na mesa principal. A vovó ficava em uma ponta da mesa e, na outra, parecia haver um revezamento entre os filhos. Quem se sentou na cadeira do vovô no ano anterior, a cedia para outro irmão. Como eram seis, sempre havia alguém diferente a cada ano e ai de quem tentasse furar a fila ou fingir que tinha esquecido a ordem. Quando eles se juntavam, adultos entre quarenta e cinquenta anos, parecia que voltavam a ser crianças, dos tempos em que corriam por aquela casa, brigavam, batiam e apanhavam.

Depois desse trânsito e de conversas paralelas que se estabeleciam com quem estivesse ao lado, todos encontravam finalmente o seu lugar, e o jantar poderia, enfim, começar.

E, assim, todo mundo sentado, confortável, com tanta comida gostosa diante deles era que, evidentemente, novos problemas começavam.

> "ELA IA ESCORREGANDO SEM PERCEBER DE TANTA GRAÇA QUE ACHAVA NA VIDA. IA ESCORREGANDO E AFINAL A CANOA VIROU. POIS DEIXAI ELA VIRAR!"

Macunaíma, Mário de Andrade.

QUASE
vivo

E tudo prosseguia como o esperado, algumas mamães preparavam os pratos dos filhos, e até de alguns maridos, repetindo as perguntas de sempre, o que você quer? Gosta disso? Este foi a mamãe que fez.

Quase todo mundo interessado em comer. O tio Nelson estava inquieto, com os dois cotovelos apoiados sobre a mesa observando a movimentação. No prato dele só tinha carne. De repente, o olhar dele se volta para a cozinha e, de lá, sai a tia Deise, irmã dele, com um prato largo, cheio de comidas ainda mais diferentes do que as dispostas sobre a mesa.

Ela se senta do lado oposto ao tio Nelson, não exatamente diante dele, mas de forma que ele pudesse observar o que havia no prato dela. Quando tia Deise se acomodou, ele ficou ainda mais inquieto. Reparei na minha outra tia, a mulher dele, e ela já tinha trocado olhares com ele como que pedindo que ficasse quieto, não criasse confusão.

Agora, se eu conhecia bem o tio Nelson, confusão não era algo que fosse demorar. Era sempre ele que ficava mais bêbado ao final de qualquer festa e, algumas vezes, já teve até que ser carregado para o carro. Ele olhava fixamente a tia Deise, e ela já havia percebido, mas procurava ignorá-lo.

O tio Nelson não resistiu: apontou para o prato dela e perguntou:

— O que é isso aí que você está comendo?

Ela simplesmente respondeu:

— Comida.

Bastante incomodado, ele completou:

— E isto aqui no meu prato, não é comida?

— Depende — respondeu ela.

— Depende do quê? — inquiriu ele um pouquinho mais irritado.

— Depende de quem gosta de sofrimento, eu não gosto.

— Sofrimento? E essa gororoba aí tem sabor de alguma coisa?

— Sim, melhor do que comer cadáver.

A parentada percebeu o que ocorria e, antes do "deixa disso, é Natal", o estrago já estava feito. O tio Nelson levantou a voz e falou:

— Quer dizer que a gente aqui está comendo cadáver?

Ela, meio que perdendo a paciência de ter sido atacada naquele momento em que ela estava quase feliz, disparou:

— Quem chupa um osso está fazendo o quê? Está comendo cadáver sim.

Daí em diante o clima pesou BASTANTE.

Era esperado. A tia Deise foi daquelas pessoas que ficavam à beira da churrasqueira, beliscando linguiça, pedaços de carne e devorando queijo coalho. Permanecia ali, bebendo com os tios, fazendo piada, rindo... a atração das conversas. E, de fato, nada disso mudou, ela continua a ser a mesma de sempre, a única coisa que mudou foi que ela se tornou vegetariana e, neste ano, ela trouxe outra novidade, agora era vegana.

Teve um monte de gente que não entendeu nada e ela começou a explicar, pacientemente, o que era ser vegana. Que era, inclusive, uma forma de se colocar na vida. Ela não consumia produtos de origem animal, aí, muito espantadas, as pessoas comentavam:

— Mas nem peixe?

— Frango é carne branca.

— Mel? Você parou de comer mel?

— Ah, eu já provei leite de soja, achei horrível.

— Mas o que é que você come?

— Ai, vai prejudicar sua saúde...

— Nem roupa de couro, cinto, bolsa, você usa mais?

— Ah, mas aí a vida fica muito chata...

Para cada uma dessas situações ela tinha suas respostas. Algumas perguntas eram realmente bobas, pois quando ela havia se tornado vegetariana, ela já não comia nem frango ou peixe, e argumentava: — Peixe e frango, por acaso, também não são vidas?

A grande questão foi quando a família viu que ela chegou com uma marmitinha. Ela pediu por um espaço na geladeira, procurou um canto entre os vegetais, e lá a colocou. Pouco antes do anúncio do jantar, ela foi até a cozinha, pegou um prato da vovó, e montou seu pratinho, que ficou muito bonito, aliás.

Eu fiquei bem curioso para saber o que tinha lá, mas não tive coragem de pedir para provar, afinal, com tanta comida na mesa, seria injusto tirar algo do pratinho da tia. Nem da salada da vovó ela quis porque o tempero de alguns pratos também levava mel e ela não queria cansar as pessoas perguntando o que tinha ou não na comida.

— Eu não espero que façam um prato diferente para mim, ninguém precisa se preocupar com isso. A comida, eu trago, sem problemas. Até já me acostumei. Nos aniversários só tem bolinha de queijo, kibe de não sei o quê e eu não como nada disso. Quando não é possível levar o pratinho, eu como em casa antes e também fica tudo certo.

E, na mesa, a discussão prosseguia:

— Nelson, só no teu prato tem pedaços de uns cinco bichos diferentes, você não se incomoda com isso? Misturando tanta carne, tanto sofrimento, não consigo mais imaginar uma coisa dessas.

— Você deveria ter mais respeito com as pessoas, com a nossa mãe. Tanta comida boa e você não quer comer nada. Tó, experimenta aqui este pedaço de carne, respeita a gente.

Ele esticou um pedaço de carne quase colocando dentro do prato dela. Aquilo realmente a enfureceu. Ela afastou o seu prato e disse:

— Não estou desrespeitando ninguém. Eu avisei a mamãe. Por que minha comida te aborrece tanto? Você que está faltando com o respeito. Te enxerga, falta de educação ficar brigando na mesa. Tenha dó. Você não muda. Deveria cuidar melhor da sua família.

O tio Nelson se levantou da mesa, estava enfurecido. Foi para um quarto e algumas pessoas o seguiram. Na mesa, ainda podíamos ouvi-lo gritando:

— Como é que ela vem me falar para eu cuidar mais da minha família, o que ela sabe da minha família? Chega com esse pratinho ridículo, querendo ser a diferentona, mostrar que é melhor do que a gente. Até perdi o apetite.

Aos poucos, o tom de voz foi baixando e ele retornou à mesa com seu séquito. Todos se sentaram, podiam-se "ouvir" alguns pensamentos. Aí, alguém acabou fazendo uma piada, retomando velhos assuntos, as conversas paralelas foram retomadas, um novo prato veio à mesa e o clima quase voltou à normalidade.

Era esperado que algo assim acontecesse em algum momento, mas, desta vez, veio cedo demais.

Eu gosto dos dois tios, e tento compreender o que eles pensam, mas acho que o tio Nelson exagerou. Tia Deise não estava incomodando ninguém com o prato dela, era apenas um prato diferente. Eu não gosto de figo nem de passas, e sempre tem uma brincadeira para ver quem é que vai comer as passas que estão no arroz. Do figo, eu nem me aproximo e, felizmente, nunca ninguém brigou comigo porque eu não gosto de figo. Até pedem para eu experimentar, que desta vez vai ser diferente, o que eu comi não era bom, mas agora... desisti, figo não desce.

Se a tia Deise não quer comer mais nada de origem animal, qual o problema? Ficou evidente que muitos parentes concordavam com o tio Nelson, apenas ficaram quietos, alguns olhavam com nojo para o prato dela, quietinhos. Eles simplesmente não conseguiam entender a razão que a levava a rejeitar o que eles consideram as coisas boas da vida.

Para ela, estava nítido que as coisas boas na vida não se encontravam mais num prato com carne. E depois que ela disse aquilo, achei estranho ter tantos pedaços de bichos mortos no meu prato. Comecei a escolher somente um tipo de cada vez, mas era meio complicado, pois quase tudo era recheado com algum tipo de animal: tortinha com peixe, macarrão com molho de carne, coxinha de frango, peru... Muito animal mesmo.

Enfim, depois daquilo, o quase normal que teríamos na mesa, era aquele clima esquisito que duraria pelo resto da noite, então, melhor aproveitar o jantar e aguardar os próximos *shows*.

E o jantar terminou
sem maiores percalços.
Agora, abrir os presentes...
Ou quase.

QUASE
música

Claro que não faltavam as músicas de Natal. Sempre as mesmas, cantaroladas aqui e ali por quase todo mundo. Por alguma estranha razão, o repertório nessa época do ano fica bastante limitado. No Carnaval, a gente consegue escutar um montão de música diferente. Uma vez, eu fui passar esses dias em Pernambuco e eu escutei muito frevo. Samba, eu já estava até acostumado com tantas variações, samba-enredo, pagode, samba de raiz. Tem também as marchinhas, sei lá, Carnaval tem música pra valer.

Agora, no Natal, parece que ninguém quer se ocupar em criar um hit por ano. Acho que vou inventar uma dancinha natalina, quem sabe não vira um sucesso. Imagine, logo eu que nem sei tocar campainha querendo mexer em algo tão tradicional.

O pior de tudo é que as pessoas cantam essas músicas como se fossem as canções mais alegres do planeta. No Natal passado, eu estava cantarolando uma canção natalina com um sorriso no rosto, ajeitando alguns enfeites na árvore quando o tio Assis se aproximou de mim e perguntou:

— Você sabe o que você está cantando?

Eu estranhei a pergunta dele, mas respondi:

— Claro que sei, uma simples canção de Natal.

Imediatamente os olhos dele se encheram de espanto, deu uma respirada um pouco mais funda e perguntou:

— Sabe por que eu me chamo Assis?

Respondi que não. Na verdade, o tio Assis era um daqueles parentes que a gente só encontra em épocas ou muito tristes ou festivas. Ele é casado com a filha mais nova da minha avó, a tia Carmen. Já me contaram que, por ele ser negro, enfrentou algumas resistências na família. Meu avô não queria aceitar o casamento de jeito nenhum, e é aqui que começaram a cair para mim aquelas imagens que sempre pareceram bacanas sobre o vovô: a do cara eternamente legal. Claro que eu tenho carinho por ele, mas depois que meu pai me contou certas histórias, eu passei a perceber que nem tudo é o que parece.

— Não é porque alguém morreu, que vira santo — me confidenciou meu pai. — As pessoas são quase boas e quase más, nunca uma coisa só. Ele também não queria me aceitar porque achava que eu não tinha futuro. Mas, sinceramente, isso foi fichinha. Para o Assis, foi bem pior, não foi nada fácil enfrentar todo o racismo do seu avô. Sua mãe não pode nem desconfiar que eu te contei essa história. Silêncio, viu?

Eu não consigo imaginar meu avô sendo racista. Nas fotos, ele parece uma pessoa bacana, sorridente. Meu pai me disse que o vovô nunca agrediu o tio Assis ou o impediu de entrar na casa, mas sempre havia algo estranho: precisava sair quando ele chegava, jamais o convidava para jantar, impunha regras absurdas para a minha tia. Dizem que, com o tempo, ele passou a tolerar mais e que, no dia do casamento dos dois, o vovô chorou bastante, mas vai se saber por qual razão...

Tio Assis me fez perceber que eu cantava sem refletir sobre o que dizia. A letra da canção, na verdade, era muito triste, aliás, triste é uma avaliação generosa. Na canção, o compositor afirmava que a espera dele pela felicidade seria eterna porque esse sentimento não é um brinquedo que exista, que o Papai Noel possa trazer.

Fiquei surpreso! Percebi que, de fato, eu quase não prestava atenção no que cantava. Diversas músicas alegres, festivas, relatam até algumas tragédias.

Por fim, o tio Assis me explicou a razão do nome dele:

— Eu adoro meu nome, Assis. E eu o recebi como homenagem a um importante compositor brasileiro, o Assis Valente. Quando eu descobri isso, fui atrás de saber da vida dele, conhecer as canções que ele criou. Ele compôs sambas que fazem sucesso até hoje. Também fez marchinhas, canções infantis e essa canção que todo mundo canta, *Boas Festas*. Um homem negro como eu, um enorme talento, e isso me enche de orgulho. Acertaram direitinho o meu nome — riu ele. — Mas eu não quis ser chato com você. Pode cantar a música como quiser, é que eu não resisto, sempre quero contar a história dela... É linda, profunda e um pouco triste.

Depois que ele me contou tudo isso, não tinha como pensar diferente. Parece que a canção era um reflexo de como o Assis Valente se sentia; uma pena que alguém que tenha criado coisas tão bonitas, que todo mundo canta, possa ter tido uma vida difícil, sofrida.

Lembrei da minha conversa com a tia Matilde, sobre ser feliz ou não. Vai ver que a felicidade é brinquedo que está em falta para muita gente, que quase não tem.

"O sucesso irá contemplar TODO O MEU ESFORÇO. Como não? Cheguei tão longe, por meio de trajetória segura, MESMO QUANDO OS MARES não me mostravam os caminhos, e as únicas testemunhas de meu triunfo FORAM SOLITÁRIAS ESTRELAS. Por que não seguir desafiando os elementos indomáveis, mas obedientes? O QUE PODE IMPEDIR um coração determinado; o desejo certeiro de um homem?"

Frankenstein, Mary Shelley.

Entre meus amigos, conversamos sobre tudo, quer dizer, eu acho. Alguns parecem esconder algumas experiências, outros revelam tantas que ficamos até desconfiados. Em casa, ou na escola, não falamos a respeito de sexo, por exemplo. Nunca, nenhum adulto gastou quinze minutos para me explicar qualquer coisa, eles ficam com mais vergonha do que a gente.

Quando eu era mais novo, curiosidade não faltava, e nem sabia que tinha a ver com sexo. Eu ficava curioso para saber como é que uma criança entrava na barriga da mãe. Eu fazia um monte de invenções, até usava algumas que encontrava em livros aqui e ali, tudo sempre muito bem disfarçado, nunca imaginei que seria por meio do sexo.

Acho que se tivessem falado sobre o assunto para o Marcos e para a Débora, certamente eles não seriam pais com 16 anos. Minha avó teve o primeiro filho também com essa idade mas dizem que, naquela época, as coisas eram mais difíceis, não havia informação, e as mulheres não tinham muitas escolhas; o casamento, a casa e os filhos eram, para a grande maioria, o único caminho.

E agora?

Será que há diferença?

Com a quantidade de vídeo, foto, texto que encontramos nos grupos, já não há quase mistério, mas existe bastante confusão. Eu encontro muito preconceito nesses grupos. Até nos filmes de sexo as pessoas são sempre iguais, todas magras, brancas, eu não conheço ninguém que tenha a barriga sarada daqueles caras ou uma mulher que ande fazendo boca sensual na rua o tempo todo. Claro que elas são bonitas, mas, sei lá, são tão distantes, impossíveis.

Para Margarida, uma amiga nossa, essas fotos são todas retocadas. Que aquele tipo de seio simplesmente não existe. Os dotes dos rapazes, segundo ela, também são pura ficção, parece que só colocam nesses filmes quem tem "os melhores atributos". Ela odeia esse tipo de assunto e sempre sai de perto quando a gente está olhando. Uma ou outra amiga até ri, compartilha algumas coisas, mas raramente eram elas que nos chamavam para ver "aquilo". O que elas veem fica exclusivamente entre elas.

Vemos tudo isso, e nossos pais não querem falar com a gente a respeito de gravidez, vá entender.

E, para piorar, também não querem discutir o papel de homens e de mulheres nem entender que algumas coisas avançaram, mudaram, evoluíram! Na minha família, uma situação segue se repetindo nas festas de Natal.

Hoje foi igual.

Terminado o jantar, a maioria dos homens se levantou e foi para a janela ou jardim, fizeram rodinha para discutir futebol ou comentar alguma coisa que aconteceu naquela noite. Nessas rodinhas, se falava abertamente sobre o que não se abria em público, até alguns pedidos discretos de empréstimo ocorriam.

Já as mulheres tratavam de tirar a mesa, levar as louças para a cozinha. Parecia algo sincronizado. Algumas lavavam e outras secavam. Enquanto isso, minha avó trocava tudo a fim de servir a sobremesa: mudava a toalha, os pratos, os talheres, os copos.

Algum homem ia lá "cumprir a sua obrigação", mas fazendo corpo mole, deixando que as mulheres da família tomassem a frente. É machismo que fala, né?

Eu também me comportava mais ou menos dessa maneira. Num passado ligeiramente distante, eu já saía da mesa para brincar com meus primos, hoje as coisas mudaram muito pouco. Não há muitos primos ali, mas os dois ou três que sobraram, já me puxavam para o "nosso grupo" no qual ficávamos vendo clips, pegadinhas, dancinhas ridículas e, o pior, tentando imitá-las, testes de todos os tipos, filtros e mais filtros, selfies...

Parecia não haver tempo para "só" viver, precisávamos registrar todo sorriso, toda descoberta, toda brincadeira. Ficava tudo registrado, quer dizer, quase.

Ninguém se recordava mais das fotos feitas no Natal passado. Em que rede social estariam? Quase todos já haviam abandonado as redes antigas, o povo nem lembrava mais da senha. Perdidas eternamente.

Ah, mas a gente guarda na nuvem.

Guarda nada, nem lembra o que tem lá. Dá canseira só de ver o tamanho das pastas, cinco mil fotos, pior quando aparece aviso dizendo que você estourou o armazenamento e precisa apagar alguma coisa.

E apaga inclusive o que não queria. Lá se foram todas as memórias. Afinal, para quê guardá-las? Diversas acho até melhor esquecer. Tudo bem que algumas eu fui forçado a esquecer quando perdi um celular, os carregadores das câmeras antigas, quando deu pau no cartão, no HD do computador.

É tão fácil perder as coisas.

A vovó tem um armário cheio de álbuns de fotos, fora as que ficam expostas. Daqui a pouco eu sei que todos irão aparecer na sala. Alguém se recorda deles, esparrama vários pelo sofá e debocham daquelas fotos velhas. Cada uma delas parece ter uma história: quem está nelas se lembra do dia, da razão e do porquê de tirar essa ou aquela foto. Antigamente, era um tal de "ai, eu queria ter uma cópia dessas", mas, agora, as pessoas fotografam a foto no álbum, a guardam durante um tempo, terminam apagando ou perdendo e, pronto, no ano seguinte a cena se repete. A foto só existe ainda porque está lá, pregada no álbum. Só assim para ver o meu avô; se não fosse por elas, eu já teria me esquecido de algumas características dele.

Se bem que, ter essas fotos, de verdade, não é nenhuma garantia. Em nossas mudanças, vários álbuns já se perderam. Continuando desse jeito, a minha família será uma família quase sem memória, com pouquíssimas imagens, embora, ao longo da vida, o que mais vamos fazendo são caras idiotas para selfies.

É que eu acho que pensamos que tudo é eterno, por isso que vivemos aumentando, acumulando, tirando, garantindo que as coisas estejam sempre por perto. Meu pai faz isso, ele guarda embalagens usadas pois acredita que, algum dia, iremos precisar delas. Ele aposta que é economia; minha mãe pensa que é bagunça. Eu fico no meio, também gosto de guardar alguns objetos, mas jogo a maioria fora. Minha mãe fala que eu não economizo nada, que eu desperdiço, mas eu não concordo.

— Quando você estiver gastando o seu próprio dinheiro, aquele que você suou para ganhar, você vai entender direitinho o que eu estou falando...

Aliás, dinheiro era algo que começava a me faltar cada vez mais. Quanto mais eu cresço, mais caro o mundo parece ficar.

Sei lá se é assim mesmo, mas tudo o que eu quero fazer custa, e custa caro: show, roupa, balada, comida e... quem me dera, um carro.

Bem que, debaixo daquela árvore, poderia ter uma caixinha com uma chave dentro. Sonhar é bom, nos sonhos, ninguém é quase. Se for um sonho legal, todo mundo é bonito, rico e feliz.

Pelo menos eu acho...

Será?

QUASE
sei

O s vizinhos vieram desejar Feliz Natal. Isso sempre acontece. Quando tocaram a campainha, muitos de nós fomos receber a família da casa logo à frente. Eles também faziam um jantar ao invés da ceia e, assim, vinham trazer um pouco do bolo de Natal deles. A família não era tão numerosa, mas faziam uma quantidade enorme de comida. O bolo já era uma tradição por ali, delicioso, e eles nos davam quase inteiro. Em troca, minha avó preparava um pouquinho de sobras selecionadas a fim de concluir a troca de gentilezas.

As demais moradias, pelo menos as ocupadas, aparentavam bastante vida, barulho. Bastava olhar para qualquer uma delas que se via gente chegando, saindo, batendo palmas. Algumas residências estavam totalmente às escuras, certamente foram passar o Natal em algum outro lugar.

Os rituais nunca se alteravam: cumprimentos, conversas, discussões, comida, mais discussões, visita de alguns amigos, dos vizinhos e, claro, a chegada do Papai

Noel. E esse momento não demoraria muito, afinal, o Tio Oscar já tinha sumido. Quando eu era menor, eu juro que eu não percebia as evidentes semelhanças entre ele e o Papai Noel; para mim, era um grande encantamento a hora em que o velhinho aparecia na sala com um saco cheio de presentes. Eu me achava super especial, quem diria, o Papai Noel saiu do shopping, ou do Polo Norte, e nos trouxe presentes em casa.

Ao rever as velhas fotos, acho realmente engraçado. O Tio Oscar jovem, menos barrigudo e com os cabelos bem escuros. Hoje em dia, boa parte da fantasia ele não precisa mais improvisar. E há bem menos crianças, só três que ainda acreditam em Papai Noel.

Nossa família se encontra numa entressafra de infância. A casa inteira está meio diferente por causa da falta de crianças, parece que o Natal é uma festa que só acontece de verdade se tiver crianças.

Eu não me vejo pai. Se estão esperando que eu colabore com a nova leva, podem aguardar sentados.

Eu não me vejo nem mesmo na faculdade.

Será que eu vou conseguir me ver em algum lugar?

Parece que, quanto mais o tempo passa, em mais lugares eu preciso estar. Eu sempre me dividi em muitos, para ser bem sincero: tinha aula de inglês, escola todo dia, ajudar minha mãe em casa, brincar com os amigos na quadra...

Agora, continuo meio que fazendo tudo isso, além do cursinho, e vem aí o serviço militar. Certas coisas eu queria seguir, mas sem trabalho e sem dinheiro... não tem jeito.

Às vezes tenho a impressão de que eu ainda não cresci, mas de repente me vejo parte do mundo dos adultos com todas as obrigações e nenhuma das regalias.

Bem que eu queria ter um carro para me deslocar e ir aonde eu quisesse, como eu quisesse. Poder me vestir melhor, bancar uma academia para treinar, desde que eu tivesse vontade, o que, confesso, nem sempre acontece. Queria viajar, conhecer o mundo.

Por enquanto, apenas obrigações. Aquela pergunta "o que você vai fazer quando crescer" ficou bem mais séria. Porque eu já cresci, ou quase.

Tenho estudado bastante e, em breve, já terei que decidir meu destino pelo resto da minha vida, tremenda pressão. Ainda falta um ano inteiro, na melhor das expectativas, para tomar a minha decisão, mas realmente eu não sei.

Claro, surfista, piloto de avião, astronauta... sonhos.

E na realidade?

Médico? Nem pensar.

Advogado? Talvez.

Administração de empresas? Não consigo administrar nem o horário de passeio com meu cachorro, mudo toda hora, coitado, imagina uma empresa.

Alguma profissão criativa? Não tenho talento para quase nada.

Eu adoro montar e desmontar objetos. Sempre gostei de investigar como as coisas são construídas. Curto marcenaria, cortar, medir, inventar um móvel, fazer desenhos com a madeira. Já me sugeriram arquitetura e isso me pareceu interessante. Preciso procurar alguém que trabalhe

com arquitetura para conversar, saber o que se faz na realidade. Eu não tenho certeza e, na minha família, não tem nenhum.

Eu gosto de observar casas, igrejas, edifícios. Meu pai me ensinou que, nos prédios antigos há um número esculpido no alto da fachada, e aquele número significa o ano de construção da obra. Depois que eu aprendi isso, nunca mais consegui olhar para um deles sem tentar descobrir essa informação. Curiosamente, mesmo quando estão quase caindo, o número permanece lá, firme e forte.

Arquiteto.

Sei lá, vou pensar mais um pouco.

Quando eu observo as pessoas da minha família, parece que alguma coisa sempre desanda em algum momento na vida deles. Tantos quase...

Tem aqueles que quase terminaram a faculdade, porém, não trabalham no que estudaram. Também há quem tenha concluído o curso, mas não exerce a profissão.

— Não era o que eu queria.

— Terminei porque já tinha começado.

— Descobri que pagava muito pouco.

— Não consegui me colocar na área.

— Tranquei para voltar depois, e nunca deu certo.

— Tive filho no meio do caminho.

Isso tudo me incomodava. Todo mundo me perguntava o que eu queria fazer, mas, pelo jeito, eles mesmos mudavam de opinião ao longo do tempo, quer dizer, quase todos, uma prima minha trabalhava como dentista e adorava. Ela conta que, uma vez por ano, ela reorganiza os compromissos e vai fazer trabalho voluntário. Milhares de pessoas jamais viram um dentista na vida e ela ama cessar antigas dores.

Seja lá como for, eu me sinto totalmente envolvido nas expectativas deles. Sinto que tenho a obrigação de responder essa pergunta grave sempre que me fazem.

E se eu mudar de ideia? Será que vou ter que terminar um curso que eu não goste? Vou adivinhar só no final que não pagam bem, ou pior, descobrir que, quando eu me formar, o mundo já terá mudado tanto que nem mesmo a profissão irá existir?

Este ano eu não pedi nenhum presente para o Papai Noel, mas, será que se eu pedisse, ele me daria um que tirasse todas as minhas dúvidas e inseguranças?

Talvez isso não seja caso para o Papai Noel nem para Coelhinho da Páscoa, quem sabe para um bom mágico.

QUASE
beleza

No fim, todo mundo acabou ganhando alguma coisa. Os melhores presentes a gente já tinha trocado em casa, aqui, na casa da avó, são só "lembrancinhas".

Eu ganhei uma camiseta no amigo secreto. Gostei mais ou menos, serve mais ou menos e, com tantos mais ou menos, vou acabar usando apenas dentro de casa. Nem vale a pena ir trocar, sei lá onde foi comprada, em que condição. Já aconteceram situações bem chatas. Alguém deu uma blusinha para alguma tia, que disse que adorou, mas não era o número certo. Pediu a nota fiscal a fim de fazer a troca, porem... acho que até hoje ela está esperando pela tal da nota. Muitas eram as possibilidades para a inexistência do comprovante:

1. A roupa foi comprada em baciada, sem direito à troca.
2. Era o último modelo.
3. Nem lembra onde comprou.

4. Perdeu a nota.

5. Foi um presente que decidiram "passar para a frente".

Sei lá o que leva alguém a comprar uma roupa como presente, eu nunca faço isso, não gosto, as chances de errar são tantas que acaba complicando tudo: tamanho, cor, moda, caimento, estilo...

Em casa ninguém me dá roupa, felizmente. Só o trabalho de ir trocar já me aborrece e, depois, quase nada fica bom em mim.

Este ano mesmo, foi difícil achar alguma coisa para vestir, eu não ligava muito para isso, mas, sei lá, meus amigos vivem na moda: camisetas legais, tênis diferentes, até óculos escuros.

Eu não tenho nada disso. Meus tênis costumam durar bastante tempo, sapato, então... nem me lembro quando foi que comprei o último. Como não gosto de ganhar roupa, depEndo dos momentos em que minha mãe, ou pai, decidem que eu preciso de alguma coisa nova.

Eles me deixam escolher ou me dão o dinheiro para ir comprar, mas sempre dá algo errado. Ou a roupa que eu quero é cara demais ou eu acabo comprando algumas bem baratas que, depois de um tempo de uso, já não servem nem para limpar o chão.

Isso só me ocupou a cabeça de verdade quando o Tony, que não é nem de perto um "padrão de beleza", me disse:

— Cara, você precisa se arrumar melhor, o que é isso? Ninguém anda mais assim, tipo anos 90.

Eu não me importava, eu sabia que eu não possuía as melhores roupas do mundo, mas era chato me julgarem TAMBÉM por causa disso.

Fora a preocupação do serviço militar obrigatório, que não me motivava, eu ainda precisava me preocupar se iria ficar careca, gordo, se a perna era de "frango", se estava muito magro... Tudo muito complicado. Eu tinha amigos que já estavam com "algumas entradas" e aquilo parecia preocupante. Diziam que vinha do pai. Bem, o meu pai tem muito cabelo, quase todo branco, mas tem... Menos mal, dizem que homem de cabelo branco é charmoso, então, tenho a possibilidade de vir a ser charmoso algum dia, se é que alguém ainda vai querer ser charmoso.

Academia... Não tenho disciplina. Já tentei, mas demora tanto para aparecer algum resultado que eu desamino. Têm uns caras que mais se olham no espelho do que malham. Quando eu vejo as fotos dos amigos nas redes sociais, só dá eles, eles, eles... As academias viraram estúdios de moda ou de fotografia. É incrível, os aparelhos são sempre os mesmos e estão sempre nos mesmos lugares, mas a criatividade desse povo para inventar uma pose nova é impressionante.

Se eu não fosse tão tímido, eu também iria ficar tirando foto. Vai ver que é isso que faz com que eles praticamente morem na academia.

Eu já me perguntei o quanto eu vou precisar mudar o meu corpo para encontrar uma namorada.

E se eu não conseguir?

Quando converso com meus amigos sobre isso, alguns riem, dizem que basta olhar os nossos pais, a maioria é barrigudo e todos encontraram uma namorada e se casaram. Mas eles não eram assim durante a juventude, eu digo. A aparência física importa sim, só não sei, sinceramente, se é muito ou pouco.

Eu já olhei algumas garotas que meus amigos achavam feias, e vice-versa. A primeira coisa que eles falavam é que a menina não tinha nada a ver, mas, para mim, tinha tudo a ver, ou pelo menos, era como eu queria. Raramente tínhamos o mesmo gosto, então, eu meio que entendi que aquele ditado popular pode até fazer algum sentido "quem ama o feio, bonito lhe parece", mas nem sempre o que é bonito ou feio para um é também para o outro.

Só espero que, sendo do jeito que eu sou, alguém ainda me ache quase bonito.

E se encerra a festa, **ou quase.**

QUASE
solução

E a festa de Natal vai terminando, ou quase. Está todo mundo meio que largado, alguns cochilam nos sofás, outros bebem mais um pouco de vinho ou espumante. As crianças beliscam os doces, o bolo de Natal. Há quem vá procurar por uma coxinha perdida. Pelo jardim, pequenas rodinhas de conversa, alguns se espreguiçam.

Os mais resignados, que já compreenderam que se alguém não tomar a última providência de recolher copos encostados, pratos sujos e migalhas no chão, ninguém o fará, tratam de vasculhar todos os lugares e, mesmo assim, ainda encontram tempo para conversar, equilibrando tudo o que recolheram nas mãos.

O tempo passou. Outro Natal se foi.

Nunca me senti tão melancólico, sei lá, muita coisa mudou no ano que está acabando. Quando eu era criança, só tinha que dizer que passei de ano e ficar feliz com um brinquedo, mesmo diante de alguma pergunta, qualquer bobagem que eu dissesse arrancava uma risada do parente curioso.

Agora, minhas respostas são esperadas com algum tipo de julgamento. Eles aguardam que eu fale, depois, fazem um olhar de especulação, dão uma respirada profunda e mandam um conselho.

Correu pela família que eu estava fazendo perguntas "meio esquisitas" e algumas pessoas se afastavam discretamente de mim durante a noite. A vovó veio espontaneamente falar comigo, me levou para o quarto dela, mostrou fotos do vovô e disse que ele contava histórias lindas quando tinha a minha idade. Ele havia começado a trabalhar ainda criança, nunca soube o que era um presente de Natal. Quem o havia inserido nessa tradição de grandes encontros tinha sido ela, que, embora também não tivesse nenhum tipo de luxo, amava aqueles momentos de confraternização com a família.

Como eu, ela também se sentia só, embora uma solidão diferente da minha. Ela sofria ao perceber que, a cada ano, a quantidade de pessoas na família ia diminuindo pelas mais variadas razões: falecimentos, mudanças para lugares distantes, divórcios, brigas.

A família não era a do início, quando todos apostavam que seria para sempre. Aquelas de quando os filhos se casaram pela primeira vez, trouxeram os netos, sorrisos, fotos, presentes que, em algum canto da casa, ainda permaneciam.

Tudo mudara, ou quase.

Eu sinto essas mudanças, mas não fico triste por causa delas exatamente. Eu quero descobrir coisas novas, viajar, arrumar um trabalho, namorar.

O que é mesmo difícil de lidar é com a pressão. A gente vai vivendo, crescendo, brincando e, de repente, como se tudo parecesse que vai acabar amanhã, você precisa tomar um montão de decisões que vão determinar o resto da sua vida.

Ou não.

Será que é por isso que existe tanto "quase" na minha família? Será que as pessoas tiveram que decidir muito cedo e não tomaram a decisão certa?

Eu não consegui falar com todo mundo, e sei que tem gente feliz, que mudou completamente o rumo que seguia porque não estava satisfeito, e se encontrou numa nova profissão, numa nova cidade, novos amigos... tanta coisa.

Mas para mudar você precisa primeiro se encontrar. Eu estou tão perdido, não sei qual caminho seguir.

A festa está mesmo terminando. Mais um ano. É estranho, a gente não quer vir; quando chega, já quer ir embora, contudo, neste momento, quando os enfeites de Natal começam a perder o sentido, sabendo que, muito em breve, voltarão para as caixas, já sinto falta deste momento.

E vem o chamado de sempre.

— Vamos fazer uma foto com a família!

Todo mundo se aperta diante da árvore de Natal, meu tio Valter tenta escapar, mas acaba se escondendo no fundão. Ele faz questão de não sair em fotos para continuar culpando a família por sua "rejeição", era um jeito de fazer piada.

O tio Ademir, preocupadíssimo ainda com seus cachorros, ajusta o temporizador e corre para se unir ao grupo.

Pronto, uma foto da família inteira, quer dizer, QUASE o tio esqueceu de checar a foto e metade da família ficou fora do enquadramento.

Paciência, que estejamos todos juntos para, quem sabe, tirar uma inteira no ano que vem.

QUASE FIM

"**EU EXAMINO O MEU SER,**
E ENCONTRO NELE UM MUNDO,
MAS UM MUNDO DE IMAGINAÇÃO
E DESEJOS OBSCUROS, NÃO
DE DESTAQUE E PODER REAL. ENTÃO,
TUDO FLUTUA DIANTE DE MIM,
E EU SORRIO E SONHO ENQUANTO BUSCO
POR MEU CAMINHO DE **VIDA.**"

Os sofrimentos do jovem Werther, Johann Wolfgang von Goethe.